渡闲文斋野草集

一个农民工的诗意人生

宋伟明◎著

中国财富出版社

图书在版编目（CIP）数据

渡闲斋野草集：一个农民工的诗意人生／宋伟明著．—北京：中国财富出版社，2017.8

ISBN 978－7－5047－6579－6

Ⅰ.①渡…　Ⅱ.①宋…　Ⅲ.①诗词—作品集—中国—当代　Ⅳ.①I227

中国版本图书馆 CIP 数据核字（2017）第 213404 号

策划编辑　张彩霞　　**责任编辑**　刘瑞彩
责任印制　方朋远　　**责任校对**　孙会香　张营营　　**责任发行**　张红燕

出版发行　中国财富出版社
社　　址　北京市丰台区南四环西路 188 号 5 区20 楼　　**邮政编码**　100070
电　　话　010－52227588 转 2048/2028（发行部）　010－52227588 转 307（总编室）
　　　　　　010－68589540（读者服务部）　010－52227588 转 305（质检部）
网　　址　http://www.cfpress.com.cn
经　　销　新华书店
印　　刷　北京京都六环印刷厂
书　　号　ISBN 978－7－5047－6579－6/I·0270
开　　本　710mm×1000mm　1/16　　**版　　次**　2017 年 9 月第 1 版
印　　张　12　　**印　　次**　2017 年 9 月第 1 次印刷
字　　数　135 千字　　**定　　价**　36.00 元

序　一

也无风雨也无晴

我是利用周末一个上午的时间，一口气读完宋伟明先生的《渡闲斋野草集》的。读完却久久不愿释卷，我在思索一个问题：是什么力量支撑着一位农民，数十年间，在耕读、打工之余，创作出这些能直抵人心灵深处的诗作的呢？是爱好吗？似乎是，似乎又不全是。这些记录个人数十年间风雨行程的诗，记录个人生活经历甚至苦难的诗，我以为可以当史来读，当个人史来读，亦可作为时代史来读。因为，个人的命运是和整个社会息息相关的，他离不开他所生活的社会，也离不开他所处的时代。古书云："诗言志，歌永言。"那么，宋伟明先生在他近乎半个世纪写就的这些诗作中，到底要说些什么呢？

述志是这部诗集一个很重要的主题。读《渡闲斋野草集》，我们时常会看到诗人抒发理想、抱负之作。我和作者素昧平生，但从其自述中约略得知，作者童年、少年时代生活在西府乡下，青年时期，本来有望成为一名教师，但因为命运的捉弄，沉沦底层，从此，和中国大多数农民一样，为生计所迫，在贫穷的生活中苦苦挣扎。据作者自述，他在农业社干过繁重的农活；在西安干过搬运工，拉过煤炭、水泥；在宝成铁路线砌过护坡，抬过砂石；去外县上山拉过柴，换过粮……很

多艰难的日月，他都经历过。但日子苦焦，不等于没有梦想。梦想如春夏田野上的蝴蝶，时常从他的眼前翩然飞过，惹他痴想，亦让他烦恼、难过。他曾抱怨命运的不公，也曾痛苦、烦闷过，但这些很快就被他用诗化解掉，更多的是一种自强、自尊，用自己的劳动，用自己的双手，去获得一种有尊严的生活。我们不能嘲笑他的生活目标太低，事实上，在那个年月，这样的生活理想是很高的。很多农民，终其一生，这样的理想都是不能实现的。“生计逼我离家园，砖瓦灰砂伴长年。风尘已过六十五，望眼依旧是他山。”（《叹今生》）从作者2014年4月25日于西安灞桥田王所作的这首小诗中，我读到了四处飘零的无奈，但更多的是一位老农民工为实现梦想的坚韧。可以说，他的很多人生感悟类的诗作，都带有抒写理想的性质。如他在2005年所写的一首诗作中，就明确写道：“阴晴圆缺千古看，悲欢离合情必然。喜怒哀乐皆常见，酸甜苦辣美味添。”这就有一种放达、乐观的精神在里面。这种放达与乐观，让我想到了苏东坡，想到了他的“莫听穿林打叶声，何妨吟啸且徐行”的自信。这也许是他能洞彻人生而视苦为乐、积极进取的原因吧。

这部诗集还有史的意味在，是个人历史的记录，但同时从一个侧面，也折射出四五十年间中国社会的变迁。尽管只是只言片语，依然有民间信史的价值。关于这一点，作者在写作时是无意识的，他是无意间成为了一个时代的记录者。所谓的“无心插柳柳成荫”，大概指的就是这样一种情况。譬如作者所写的抗旱诗、所写的大量的打工诗，从中都能依稀折射时代的影子。我们看到一个农民在这样一个时代大变革的背景下，是如何一步步离开土地，忍受着远离亲人、远离故土的痛苦，外出打工，在城乡间来回漂泊的。让我们来读一首他的《盼归》诗。二十世纪八十年代初，作者在青海打工，给海东地委盖楼。经过大半年的辛苦工作，临近年末时，大楼还未竣工，归期遥遥，作者思乡情切，一时悲从中来，情不能遏，遂如杜甫一般，幻想着回家，而写就了这首《盼归》。在诗中，作者写道："西风严霜催叶红，高原谷地十月冬。身在异乡独为客，千里愁魂盼归程。"那个时代一位农民工的苦痛，完全地以诗出之。这难道不可以当史来读吗?

一般来讲，诗人都为感情细腻之人，他们触物伤情，遇时感怀，吊古凭今，"感时花溅泪，恨别鸟惊心"，都是极其自然的事。尤其对于亲情、友情，他们更加珍视、更加看重，宋伟明也不例外。在这部诗集中，有大量抒写亲情、友情的诗作，读起来让人感到异常的亲切，亦可见作者的一颗拳拳之心、一颗赤子之心。如2007年春天，作者和老同学永春等聚会，酒后兴奋异常，就写下了《与友聚会》的诗作："春花秋月何时了，难忘旧事知多少。月上东窗谈名著，星落西梢忆前朝。水畔相携宝鸡峡，原边同观咸阳道。瞬间已过三十年，笑语依旧容颜老。"诗中有回忆，有谈史，总之是兴致颇高，一直到月落西梢，都不肯散去。其情也挚，其意也浓，让我不由得想到了陶渊明的诗作《停云》。不过，渊明无福，尽管春醪已熟，樽有美酒，因为大雨，道路阻隔，未能等到友人的到来，也自然不能欢饮。而宋伟明先生却很幸运，在苦涩的人生

旅途中，有了这次难得的清欢。故诗人也很兴奋，特意作诗以记之。这样的诗作，在集中有很多，如《见老友有感》《与同学相聚有感》《聚会有感》《打油诗》《寄语诗》《劝儿》等，都是一些真性情的诗，让人一读难忘。

本书中值得一读的还有一篇序，它是宋伟明先生的儿子宋少禹为父亲写的。在文中，我们看到了儿子是如何从最初的不理解，甚至有些怨恨父亲，到逐渐理解父亲、怜惜父亲的。其间的真诚让人感动，而其孝心亦让人动容。人说："多年的父子成兄弟。"尽管对大多数父子来讲，因为种种原因做不到，但作为儿子，更多地要去了解父亲，了解他的忠厚、善良、苦痛，尤其当父亲年老的时候。基于此，我很钦佩宋少禹。

最后要说的是，这篇拉杂的文字不能算作序言，只能算作我的一个读后感。更值得说明的是，宋伟明先生首先是一位打工者，其次才是诗人。我们不能用专业的眼光去要求他，他喜欢诗，用诗歌记录他的经历，记录他所处的时代，这就足矣。

高亚平

2017年4月30日于西安坐静居

（高亚平，作家、评论家，现为《西安晚报》文化部主任，西安市文艺评论家协会副主席兼秘书长。）

序　二

我的父亲

在20岁以前，父亲在我心里留有许多负面印象：脾气极坏、性情暴躁，对子女要求十分严苛。

在他的面前，我常常存着颇多的畏惧心理，特别是上中学以前，每次到了期末考试领成绩单时，我的心里都要忐忑好一阵子。如果成绩稍好，还可以勉强心安；如果成绩不够理想，往往就要战战兢兢煎熬一段时间，准备接受父亲的严厉责问。那时候对我来说，每一次考试都是一场“考验”。

父亲脾气坏，在家族里是出了名的，家族中不论大人小孩，甚至连他的长辈都对他的坏脾气有着几分敬畏，那时候我对这一现象不甚理解，后来才慢慢明白。

父亲生于1950年的关中农村，在他这一辈排行老大，自幼受到我曾祖父的良好教育，他酷爱学习、成绩优异、性格刚正、为人善良，在家里备受我曾祖父的喜爱，在学校是出了名的好学生。但是由于家庭等缘故，他失去了上大学、当教师等许多机会，在不断的打击与惆怅中被生活推入社会，早早担起了家庭重担。在艰难困苦面前，他没有沮丧，凭着勤学善思和吃苦耐劳的品性，迎来了生活的转机。从1974年进入建筑行业，他逐渐成为家乡小有名气的技术能人，家庭的状况也随之不断改善，在他的带动影响下，叔父辈的人也陆续成家立业，一些人还跳出农门，在外工作。

父亲常年在外打工，往往是一两个月才回来一回，每次回家，他除了给我们买回一些吃食之外，带的最多的就是书和学习用品，他对读书有着常人难以理解的爱，同时也对我们几个子女在学习方面提出了诸多的要求。从我记事起，只要他从外面回来，劳动之余往往抱着一本书细细品味，晴天坐在院里看，雨天躺在床上看，偶尔才和其他人交流一下，我们见他往往也是能躲就躲，敬而远之。他对干农活没有太多的兴趣和耐心，但对家族里的人和事却非常关心，无论大事小事，他总喜欢插手去管，有时为了别人家的事吵得面红耳赤、暴跳如雷。事后他有时也后悔发脾气，但再遇到家族里谁家有事他还是要去管，管了还要发脾气。对此，我常觉奇怪，和他吵架的那些人事后对他竟然很尊重。后来，我才恍然大悟，父亲关心家族里的人和事，总希望大家都能向好的方向发展，事情都能处理得妥当些。他考虑自己少，关爱别人多，所以，大家背后都说他“刀子嘴，菩萨心”。父亲对子女的教育也非常严厉，除了抓学业，对我们为人处世也有较高的要求。一次，父亲因事与小叔父发生了激烈争吵，我为了给父亲消气，劝架时故意在父亲面前说了句对叔父不敬的话，父亲当时就变了脸，对我狠狠地瞪了一眼，生气地说：“你怎么能这样说话？！”吓得我半天不敢言语。事后，他把我叫到跟前，对我讲了很长的一段话，要我一定要尊重长辈，尽好自己的本分。

对于父亲的爱，在年少时我虽然也能经常感到，但更多的还是敬畏。当我工作以后，他对我的态度仿佛在变化，我逐渐感到了慈父般的温暖，特别是当我有了孩子以后，他竟然很少再大发脾气，对我们几个子女也很体贴，说话也温和了许多，我想这应该与年龄有关吧！他不太发脾气了，有时我反倒觉得他很可怜。每次看着他去工地时毅然离家的背影，我心中总是充满无限的伤痛和感慨！随着年龄的增长，我逐渐才明白，父亲这一生是多么的坎坷艰难啊！他一直在和命运抗争！40岁以前，他在为他的大家庭拼命挣扎；40岁以后，他又在为我们几个儿女奋斗不息，一直劳累至今。他这多半辈子，有太多的委屈和无奈，他品学兼优、才华横溢，却举步维艰、一事无成。他的胸中积压了太多的“怨气”，所以，他脾气暴躁。他对子女要求严厉苛刻，因为他对我们寄予了太多的希望；他关心爱护家族里的孩子，因为他希望下一代人不要再走他的老路。

岁月不饶人，一去再不回。父亲已经老了，我也已经到了不惑之年，父亲还在建筑工地上奋斗着，从1974年外出打工开始一直干到现在，我想，他应该是中国最老的农民工了。每每看到别人带着父母到处旅游，我常常在心里骂自己，每年都因各种原因无法陪老人出去散心，我深感自责。对于父亲还在工地上辛苦劳作，我曾多次劝他辞职，但因这几年母亲为我们三个儿女带孩子等原因，父亲一直不愿意给我们增添负担，坚持待在建筑工地上，我想，除了已经习惯这种在外打工的生活外，还应该有很多无奈吧！近两年，在他即将回乡之际，妹妹又生病住院，为了缓解妹妹的经济压力，他又更加坚定地待在了工地上，继续他辛劳一生的建筑事业。

父亲一生对物质的要求很低，吃饱穿暖足矣。他爱喝酒，但却往往把别人送他的好酒送我；他也抽烟，但大多是一两百块一条的普通香烟。但是，他的精神世界是丰富的，他把读过的书都装在一口大箱子里，视如珍宝，前两年才把一些发了霉点的交我珍藏，平时一有时间，还是几十年前的老样子，以书为伴，看个不停。他记忆很好，如今还能对小时候读过的文章背诵如流。他爱音乐、识五线谱，坐在电子琴前还能弹起学生时代的歌曲。对于写字，他有自己的心得，无论毛笔还是钢笔，他都能舞出一番神采。面对社会的压力、家庭的诸多变故，他都能以山一样的胸怀沉稳面对，以一颗平凡自然之心去看待。几十年间，他写了许多的诗词，有些已经遗失，有些有幸保存下来，我找到几本笔记，翻来细读，不禁汗颜，也很震撼、感动，这些诗词不正是他的精神世界和心路历程吗？他曾说过，这么多年唯一遗憾的是，他没有静下心来，好好写一些文章发表，只能在工作之余，以短小的诗词抒发一下内心的感慨。

今年父亲已经67岁了，逐渐苍老了，所以，我们决心一定要把父亲的诗词整理成册，用他自己的书慰藉一下他郁郁不平的心，让他在回忆过往时多一些健康、轻松和快乐……

在此，我由衷地感谢所有关心帮助过我父亲的亲人、朋友，也感谢为本书辛勤付出的每一个人。

宋少禹

2017年5月于西安

感叹篇

贺新郎・惆怅 / 3
读朱老诗集有感 / 5
《红楼梦》又读有感 / 6
山村夜 / 7
游动物园偶感 / 8
登大雁塔偶感 / 9
游乾陵有感 / 10
游贵妃坟有感 / 11
凭空望雨 / 12
走在他乡的小路上 / 13
游马嵬坡 / 14
旱 / 15
秋游马嵬坡 / 16
登贵妃墓后台见玉像偶感 / 17
静思 / 18
自叹 / 19
去西郊有感 / 20
游道观有感 / 21

读崔颢《黄鹤楼》一笑 / 22

人生感悟 / 23

无题 / 24

城南山庄 / 25

无题 / 26

清明弄词 / 27

过永寿底角沟 / 28

武侯墓前怀古 / 29

临灞河湿地公园作 / 30

田王烟雨天有感 / 31

闲游 / 32

叹今生 / 33

立秋日逢雨 / 34

盼雨 / 35

雷雨天偶感 / 36

赞美篇

赞人民教员 / 43

长安春潮 / 45

兴庆公园一游 / 46

赴青海途中 / 47

高原行 / 49

海南州赞 / 51

海南州阵雨 / 52

龙羊峡二首 / 53
过曲沟偶吟 / 55
秋雨即景 / 56
温泉赞 / 57
铁佛寺 / 58
强家小院 / 59
大雪迎新年二首 / 60
去强先生家小书 / 61
清平乐・早春 / 62
福银高速乘车有感 / 63
清明 / 64
彬县礼赞 / 65
过往小记 / 67
过太峪川道略记 / 68
七律・游彬县泾河大堤 / 69
游彬县河堤园林建设区略记 / 70
七月七日夜 / 72

施工篇

悲秋 / 81
自我安慰诗 / 82
施工遇雷雨 / 83
盼归 / 84
平安驿之夜 / 85

春末雨日有感 / 86

绝句 / 87

铁佛岭 / 88

春寒 / 89

筑屋于野 / 90

建筑者之歌 / 91

为雨而烦 / 92

立秋作 / 93

戏雨 / 94

强家文化广场侧记 / 95

亲情篇

取名寄语 / 107

赠少年 / 108

秋月夜 / 109

回乡偶感 / 111

祝愿诗 / 112

春节偶感 / 113

中秋有感 / 114

端午节写给女儿 / 115

冬日游曲江有感 / 116

开封一日游 / 117

写给儿子转业安置时 / 118

七律·尽义务 / 119

和儿通话有感 / 120
思乡 / 121
外孙出生喜作 / 122
孙儿孙女出生喜作 / 123
小孙儿出生喜作 / 124
示儿 / 125
打油诗 / 126
寄语诗 / 128
劝儿 / 129

友情篇

与陆峥荣友分别留言 / 137
与屈存计友分别留念 / 138
与友聚会 / 139
山庄夜 / 140
见老友有感 / 141
与同学相聚有感 / 142
聚会有感 / 143

笔墨篇

跋 / 175

感叹篇

贺新郎·惆怅

1975年元旦

朔风呼夜彻
星河迷
落涌云海
凄凄舞雪
寒鸟无声栖草舍
佳夕闷闷不乐
苦恨愁绪相折磨
待到掀窗曙色开
草堂前梨花千万朵
尝雪景
谁共我

十年寒窗枉进学
断肠事
幽困秦关
天涯路绝
九霄壮志随流水
岁岁悲叹不歇

屈指间

韶华已过

严霜困我未离别

抬望眼垂泪如啼血

有几多

似长河

读朱老诗集有感

1978年6月20日 于西安

壮志一生荐中华
赤魂海天映彩霞
珠玉更衬风华茂
大略千秋著万家

注：施工之余读朱德诗集后有感而作。

《红楼梦》又读有感

1979年秋

真事被封失本面
假话侥幸被人传
千芳一窟总为悲
万艳同杯做人难

山村夜

1980年7月于青海省海南州塔买村

月高山影黑
夜静犬急吠
农家入酣梦
游子踏歌归

注：1980年作者在青海打工时所作。

游动物园偶感

1981年

秋雨送来泪万点
消愁一游动物园
网内水鸟诉秋心
孔雀收屏恨碧栏
千里鸵鸟栖小舍
笼内鹦鹉默无言
豹急只因钢门锁
虎啸为失深山恋
大象摔鼻恨脚绊
高鹿长颈望关山
游中游，愁中愁
曲径林荫碧水寒
画中人影形容瘦
回首长恨三十年

注：1981年作者在西安打工之余游动物园所作。

登大雁塔偶感

1982年夏初

登佛塔
望天涯
视下古城
万家高楼大厦
绿树映碧霞
车水马龙
人来人往都为啥
谁来解释这
红尘一刹那
佛塔，佛塔
如来、菩萨在哪
呼唤海角天涯
未见应答
是名利把这
世界繁华
天上人间
大鱼吃小虾
几世又几劫
一些不差

游乾陵有感

1986年9月

无字碑

千古之谜颇费解
易唐改周是真切
纵是孝道立国论
子孙无语难评说

七节碑

述圣原为掩耳目
真爱机深有谋图
太平难饰换国号
高宗一世太糊涂

游贵妃坟有感

1996年5月

踏青来到贵妃坟
马嵬坡前草色春
花影不记千古恨
雕像犹忆梨园韵
享殿依稀霓裳舞
门前疑似禁军阵
一声杜宇叫春归
留下议论给文人

凭空望雨

1996年10月12日

初冬已到咸阳城
秋雨依然漫关中
满树黄叶西风里
犹盼残阳晚照明

走在他乡的小路上

1996年12月8日

一腔热忱付残阳
自寻烦恼
何必惆怅
可惜误了好时光
错也一场
义也一场
小屋闲书不思量
荣在梦乡
辱在梦乡
乡间柴门有人望
米价在涨
菜价在涨

游马嵬坡

1997年4月

一曲长恨马嵬坡
香魂缥缈失袜罗
曾使游人惆怅处
不及农家恩爱多

旱

1997年6月

赤日横行五月天
秋苗半焦万亩田
百万农夫苦抗旱
花天酒地是贪官

秋游马嵬坡

1997年秋

秋风萧瑟绕孤坟
犹是妃子泪沾襟
长生殿前悄悄话
棠梨树下恨恨心

登贵妃墓后台见玉像偶感

1997年秋

苦雨凄风黄花瘦
低首凝目怨千秋
子娶父娶辱何多
王弃君弃成祸首
兴亡将相叹兴亡
风流文士议风流
知音当谢白居易
游园吟唱伴孤丘

静 思

1997年秋

平心静气
坐看云起
任尔沧桑
闲书读后不思量
何必自寻惆怅
把烦恼拴在心上
看开些
功名利禄
尽都是高人勾当
吾等小辈
不要凑这热闹
修身养性
吃饭干活
做个本分百姓
平民一生也独有风光

自　叹

1997年10月

春秋已到知天命
坎坎坷坷无事成
枉入黉门十四载
白建高楼卅年空
昔日斗志付流水
今朝有谋是幻影
满目秋色西风里
凭窗凝目听雨声

去西郊有感

1998年春

青山隐隐水迢迢
白云悠悠风飘飘
咸阳古道
走过了多少英豪
留下这
荒冢不改古原貌
断垣残碑野草高
狐儿在躲
兔儿在跑

游道观有感

1998年秋末

山前道观一日游
天高气爽正深秋
苍山翠峰白云绕
秦川景色一望收
宝刹不闻经声诵
木鱼未敲寂殿幽
圣地卦签筹码重
山门有铜开启灵
拉拉扯扯卖香婆
哄哄骗骗导游生
老君像前财气旺
上善池边泉不清
高士频频游海外
乞儿声声神道中
可怜千年清肃地
无道无德无安宁

读崔颢《黄鹤楼》一笑

2001年

日暮乡关何处是

烟波江上使人愁

崔老先生啊

不要愁

信步走

人生如梦自风流

人生感悟

2005年4月5日

阴晴圆缺千古看
悲欢离合情必然
喜怒哀乐皆常见
酸甜苦辣美味添
莫失望
莫悲观
莫放弃
莫贪婪
轻松愉快
自自然然
学会友善
学会恭谦
身在功名
世事洞明知大观
做百姓
也应有个好人缘

注：世事如过眼烟云，生在红尘，必当求生。

无　题

2007年4月

华堂绮宴日日开
各级贪官频频来
樽酒觥筹不介意
只缘根在国库栽

城南山庄

2007年4月

城南有山庄
风光似仙堂
华厅诗有味
绮宴泛琼浆
路旁风摆柳
亭台溢花香
为君歌一曲
烦愁一扫光

无　题

2008年5月14日

葡萄美酒玻璃杯
温情脉脉醉一回
难忘岁岁暮春日
常忆夜夜月影追
总是离人恨
相逢相别心都碎

清明弄词

2009年清明节

清明时节春寒到
依旧穿棉袄
客舍夜间听雨声
潇潇洒洒浸在宁静中
不觉华发六十年
此生太平淡
自问东风向何处
吹向桃李期盼八月半

过永寿底角沟

2011年

走过槐山忽开朗
山间小街好凄凉
几间平房作店铺
不见客商生意场

武侯墓前怀古

2013年秋于汉中勉县

定军山旁丞相坟
古树参天草被新
寂殿空陈出师表
碑前不闻梁父吟
六出雄略千古梦
三分鼎足无留痕
秋风鸿雁归去远
放眼永恒是乾坤

临灞河湿地公园作

2014年3月6日

狄寨原下快乐游
烟树丛中灞水流
十里暖风柳色翠
三月云霞樱花稠
廊桥不乏文人吟
花畔自有琴声悠
可怜夕阳已西下
回头缩手算春秋

田王烟雨天有感

2014年4月21日于西安灞桥纺织园工地

曾经田王记耳畔
而今奔波纺织园
轻风细雨洪庆山
云横雾蒸白鹿原
灞河水声十公里
柳林雪飘上千年
天下处处灵秀地
几辈人杰筑桃源

闲　游

2014年4月24日

清明虽过雾蒙蒙
西望不见长安城
行道欲湿洪庆雨
春末犹寒灞桥风
人似归雁恋旧地
事如老酒回味浓
日出日落天下共
何愁春夏与秋冬

叹今生

2014年4月25日于西安灞桥田王

生计逼我离家园
砖瓦灰砂伴长年
风尘已过六十五
望眼依旧是他山

立秋日逢雨

2014年8月

立秋伊始雨纷纷
酷暑归去凉爽临
旱象已毁万亩田
新雨总可定人心
微灾小病无甚碍
大国盛世存滋润
无事不虑杞天倾
兴亡未阻史到今

盼　雨

2014年8月25日

处暑仍有热浪生
今年不与往年同
未知秋雨何处去
田头长叹是老农

雷雨天偶感

2015年8月3日

满天雷电风雨云
大地未动静气深
任尔千变与万化
山川永怀自然心

作者二十岁时

作者三十岁时近照

作者四十八岁时所照

作者五十多岁时于秦岭山中

作者在陕北

2016年作者在华山

赞美篇

作者三十多岁时

赞人民教员

1977年夏于田晁

葱绿的白杨林下
在宽敞美丽的校园
您把马列的经典
挎在身边
科学的结晶
您精心教传
祖国的花朵
把您围在中间
赞美您啊
人民的教员
崇高的理想
祖国的未来
您希望看见的宏图美景
寄托在孩子们心间
赞美您啊
像老圃培栽花园的幼苗
全神贯注
把科学的乳汁浇灌

每培育成好学生一员
您会感到
工作的辛苦
是如此甘甜
啊！一员一员
将洒遍祖国的江河湖海
一直连到天边
到处点缀那锦绣江天
赞美您啊
人民教员

长安春潮

1978年1月6日

暖风一缕春来早
万家狂欢长安道
彩旗映日紫气盛
绣球轻飘入九霄
鞭炮喧天惊雷动
锣鼓震地山河笑
少女娇影万花开
壮士昂首胆气豪
千歌万曲诗未写
舞姿绝妙画难描
观罢长叹回寒舍
自饮冷炊何梦遥

注：1978年作者于西安市西关大街观看游艺队伍时偶作。

兴庆公园一游

1978年8月25日于兴庆宫遗址公园

兴庆有风光
一游神情畅
奇泉喷弧雾
万花吐郁芳
曲径通回廊
层林隐红装
过溪飞虹桥
碧波映画舫
座满相晖楼
客影遍沉香
冷饮驱炎渴
甜食充饥肠
处处撮仙景
人人争照相
借得山水秀
添来诗意狂
拙笔难尽描
兴庆好风光

赴青海途中

1980年6月4日

雾障遮我望
大雨阻我行
欲奔几千里
青海去谋生
回首别故乡
跨越秦岭峰
过了天水关
又到夏官营
心飞黄河岸
谈笑走廊中
兰州无留意
高原众山青
列车嘶鸣吼
壮声震空谷
山重水又复
柳暗衬花明
祸岭排红瀑
黄花绕绿城

蓝天绣白云
雪山映太空
高原风光好
天涯美意浓
投访西宁日
何处是征程

注：作者当天乘北京至西宁的快车，前往青海谋生。

高原行

1980年6月5日，别西宁赴海南藏族自治州

离别西宁赴海南
西郊漫野是阴天
工厂乡村点点布
雨气烟气罩山川
火车汽车交叉行
铁路公路绕山环
盆地忽不见
飞车进山弯
奇峰怪石人家少
河谷深处有庄田
绿树黄花遍山脚
群群牛羊在山巅
一缕寒气逼人来
闻说已到日月山
远望乌云白雪冷
屈指其时六月天
山前农家忙
山后千里荒

山前清水向东流
山后一脉归西方
数声牛羊叫
几回牧歌扬
迢迢无炊烟
偶尔有篷帐
转过一壑忽明亮
绿树河湾有山乡
街道宽阔车笛响
男男女女生计忙
都道海南风光好
却不知何时凯歌别山乡

海南州赞

1980年夏

海南好，海南好
海南河谷绕
北望青山峻
南看沙包小
高原牛羊肥
川地庄稼好
海南好，海南好
春风几回归
乐声处处响
牧歌绕山飞
林中布谷唱
红装几徘徊

海南州阵雨

1980年7月

烈日当空照
紫云绕山腰
几缕东风过
蓝天大雨浇

注：青海的天气说变就变，刚才还是蓝天白云，转眼就是倾盆大雨。

龙羊峡二首

1980年7月

其一

龙羊有名无客到
古峡黄河空咆哮
纵有那无量威力
冲击着山悬石峭
无巨笔把蓝图绘描
天下黄河
唯此处山空声悄
鹰旋峡道
任碧水东流
任白浪呼叫
千载何人曾到

其二

而今建设大军到
昼夜不惧征战劳
万炮齐震群山警
千车轰鸣壮气豪

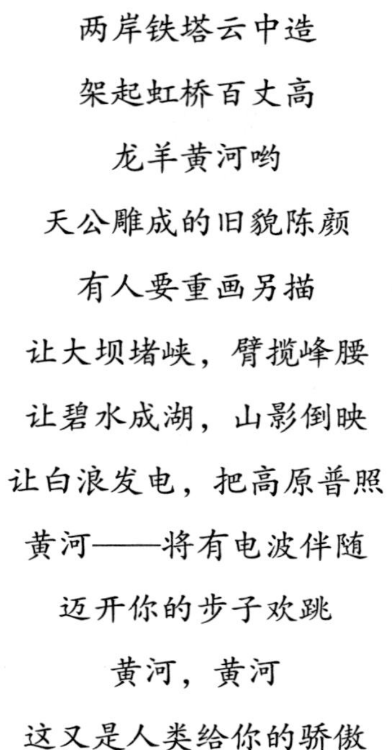

今日天堑
两岸铁塔云中造
架起虹桥百丈高
龙羊黄河哟
天公雕成的旧貌陈颜
有人要重画另描
让大坝堵峡，臂揽峰腰
让碧水成湖，山影倒映
让白浪发电，把高原普照
黄河——将有电波伴随
迈开你的步子欢跳
黄河，黄河
这又是人类给你的骄傲

过曲沟偶吟

1980年8月11日

黄河岸边有山庄
曲沟一片好景象
树茂叶阔林荫道
遍地小麦菜籽香
一湾清溪桥下淌
几朵白云池中映
林下渠旁少年俏
田中农家种菜忙
高原此番景象少
黄河天功在四方

注：曲沟位于青海龙羊峡与海南自治州之间的川道中。

秋雨即景

1981年8月20日 于西安

几场秋雨透
古城风景秀
碧塔戏白云
绿树抱红楼
沸街喇叭鸣
幽园翠笛收
点点黄花开
对对情侣游
东风飘薄衫
天凉好个秋

温泉赞

1996年秋末

闻听咸阳有温泉
建成别墅是新天
今日到此来沐浴
妙趣横生不虚传

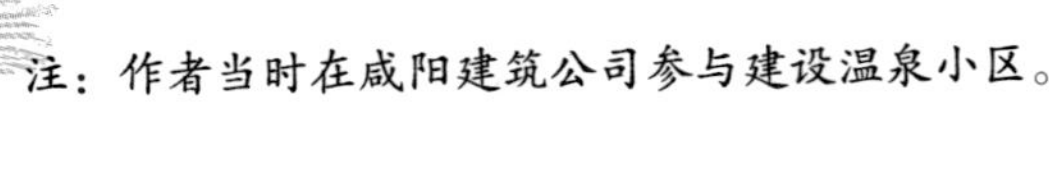

注：作者当时在咸阳建筑公司参与建设温泉小区。

铁佛寺

2001年3月

荒丘僻壤有禅院
铁佛居中抚群山
晨观昭陵云霞壮
暮尝乾陵秀色添
北依五峰欲展翅
南望秦川车马欢
慧眼识得风水地
千亩红提是乐园

注：铁佛寺在陕西乾县，周边有唐昭陵、乾陵和五峰山。

强家小院

2006年5月于强文祥先生家中

别墅北依鸡冠山
小院五月生气浓
双杏逗引紫藤旺
月季催逼榴花红
西看玉兰正缓气
东观槐枝如飞龙
门前石头卧奇兽
井上仙掌窥水宫
君不见
石屋在野已筑成
归来养闲雅趣生
潇洒飘逸
到底属强公

大雪迎新年二首

2008年1月15日，农历腊月初八

其一

腊八逗留永寿县
玉龙纷飞舞漫天
银装素裹新乾坤
琼玉覆盖旧江山
体寒当吃羊肉泡
手冷倍觉炉火暖
忽闻连阴雪不停
收拾行装过大年

其二

东风又送雪花片
寒气骄横霸宇寰
千楼万树白了头
远山近野朦胧间
长途行车汽笛响
闹市购物人声喧
又是一年好兆信
大寒过去是春天

去强先生家小书

2008年

紫藤盈盈绕架

西院香杏味佳

井边绿叶罩龙瓜

前厅根雕奇异

内院石桌堪夸

挺挺玉兰

石榴花发

红红火火人家

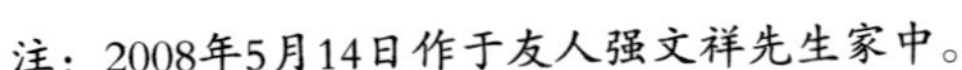

注：2008年5月14日作于友人强文祥先生家中。

清平乐·早春

2009年4月5日

春风缓缓
吹醒梦缠绵
万物苏醒三月三
天地一番新颜
杨柳叶绽碧黄
桃李花放润光
最是街头灿烂
形形色色春装

福银高速乘车有感

2010年3月

乘车疾驰咸阳城
洒下一路笑语声
侧目红叶路边树
远眺黄花绿野中
小桥诗句甚有味
大道标牌充人情
霎时已过二百里
当赞改革无量功

清　明

2010年4月5日

清明时节暖新阳
苹果桃梨花初放
春游最是宜人处
和风二月十里香

彬县礼赞

2010年12月于彬县泾河新区

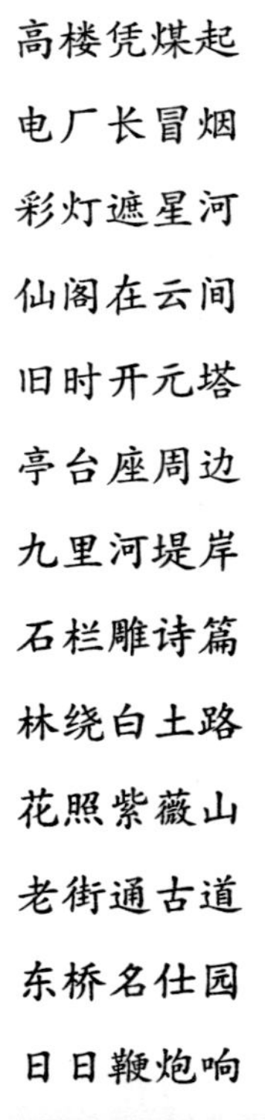

冬日到彬县
施工泾河滩
高楼凭煤起
电厂长冒烟
彩灯遮星河
仙阁在云间
旧时开元塔
亭台座周边
九里河堤岸
石栏雕诗篇
林绕白土路
花照紫薇山
老街通古道
东桥名仕园
日日鞭炮响
夜夜歌声传
大店间小铺
繁华比长安

东南立交头
公刘指江山
西北水帘洞
煤塔接蓝天
闻听大佛寺
仙游春正半
隔河高速路
车辆往来繁
铁路穿隧道
虹桥跨山涧
新区楼成片
手笔好大观
河川处处忙
兴腾靠资源
堪叹古豳州
煤光真灿烂

过往小记

2011年

槐林重山无险峰
道路弯弯看山景
川川苍凉藏锦绣
点点房舍透人影

注：312国道永寿至彬县段冬天过往小记。

过太峪川道略记

2012年

太峪本是彬县管
迎客大牌靠山站
几家饭馆连商铺
正好逢集人声乱
两条公路相缠绕
高速立交好景点
蔬菜大棚整齐排
新村装饰黄色显
山乡建设有特点
真想停车去参观

七律·游彬县泾河大堤

2013年4月15日

沿堤柳现十里翠
旁岸花分数池香
几处亭台含唐韵
多少雕栏堪珍藏
穿林幽径观奇树
踏桥静听蛙声长
四望群山抱流水
万千高楼沐春光

游彬县河堤园林建设区略记

2013年4月20日

彬县城外建园林
泾河南岸景如云
东郊四桥相交错
西桥千狮逗趣真
拦河大堤真伟岸
十里林荫柳色新
华灯夜放星成龙
雕栏诗画古风淳
绕堤花放百种香
曲径穿林奇异分
梧桐菩提池影暗
翠竹临塘雨声亲
回廊遥望画亭远
虹桥巨柱镌经文
二十四孝传佳话
工笔细刻信如神
先贤头像石柱生
典故文化显底蕴

点点刀笔传神功
处处浮雕祭先民
高颂豳风孕大志
观后惊叹动人心
造福百姓环境美
百年树人意何深

七月七日夜

2013年七夕

七月七日夜
纳凉望星座
牛郎与织女
依旧隔星河
深空找鹊桥
唯见银汉斜
四野蟋蟀叫
不知为如何
夜静秋风起
良辰好快乐

哲学是什么？哲学的根本问题。

为什么要研究哲学？

哲学是关于人们的世界观的学问，世界观对于人的认识又具有着方法论的作用。什么是世界观？世界观就是人们对于整个世界，对于一切事物的最根本的观点。就这样的意义来说，哲学又可以说是研究世界一切事物的最根本的道理的学问。人们有了这样的最根本的观点，明白了这个哲学上最根本的道理，去观察任何问题的时候就有了一个方法上的总的向导，就掌握了一种认识事物的最根本的方法原理。这就是它的方法论的作用。

哲学既然是关于人们的世界观的学问，因此它所研究和所涉及的问题，就不是仅仅关于世界的某一方面或某个局部问题，而是有关整个世界，有关世界的一切事物（包括自然界、社会和人类思维）的最普遍的问题。举例来说，例如下面这些问题就是哲学研究所要回答的问题：世界的本质是什么？世界从来就是物质的世界或者在物质世界之前还有某种精神力量就先存在着？世界上的一切事物是不是处在不断运动、变化发展的过程中？如果是处在运动变化发展状态中，那末它们是怎样运动、怎样变化和发展的？人们的主观意识、精神生活和客观世界、和他们的社会物质生活有什么关系？人的意识是人的主观精神世界里自己凭空自生出来的，或者它只是客观事物的反映，只是人的社会物质生活条件的反映？人们的意识能不能正确认识世界以及如何认识世界，要采取怎样的立场和方法才能正确认识世界，等等。对于这些问题给予系统的回答，是哲学研究的任务。

人们的世界观是怎样产生的？世界观是人们对自然界斗争和人们的社会斗争的实践经验的最高总结，是人们在这些实践中所获得的各种事物知识的高度普遍化的总结。毛泽东同志说：“世界上的知

作者年轻时学习笔记（一）

论《红楼梦》（节要摘录）——附序　何其芳

伟大的不朽的作品《红楼梦》是我国小说艺术成就的最高

贾宝玉和林黛玉的爱情悲剧是《红楼梦》里面的中心故事，是贯全书的主要线索。虽然曹雪芹没有把这个悲剧写完，但在小说的第五回，在贾宝玉梦游太虚幻境所听见的《红楼梦》十二支曲子里面他就告诉了我们，这个爱情故事的结局将是不幸的：

〔终身误〕都道是金玉良姻，俺只念木石前盟。空对着山中高士晶莹雪，不忘世外仙姝寂寞林。叹人间美中不足今方信：纵然是齐眉举案，到底意难平。

这就是说，贾宝玉后来虽然和薛宝钗结婚了，却仍然忘记不了林黛玉，仍然认为是终身恨事，如果说这一支曲子还写得比较含蓄，只说是"美中不足"，只说是"意难平"，紧接着另一支曲子就把贾宝玉和林黛玉互相爱恋而不能结合的痛苦写得很沉重，简直是一首声泪俱下的悲歌了：

〔枉凝眉〕一个是阆苑仙葩，一个是美玉无瑕。若说没奇缘，今生偏又遇着他。若说有奇缘，如何心事终虚话？一个枉自嗟呀，一个空劳牵挂。一个是水中月，一个是镜中花。想眼中能有多少泪珠儿，怎禁得秋流到冬，春流到夏。

作者年轻时学习笔记（二）

秋雨即景

九场秋雨连，古城风景秀，
碧塔映白云，绿树衬红楼。
满街喇叭鸣，游园[illegible]留妆，
朵朵黄花开，对对情侣游。
余兴[illegible][illegible][illegible]，天凉好个秋。

1981年8月20日
[illegible]西安

作者诗词写作记录（一）

春来雨日有感

东风入古城，细雨漫长空。
怨春留不住，梅夏又新生。
凭借赤精血，欲改旧贫穷，
拔地层楼起，低头收寝净，
人间三十载，红尘无一声；
梦拜慈恩寺，醒厌兴庆宫，
试问檐间水，何处是归程？

一九八二年五月二十日于
西安·西北地勘局大院。

作者诗词写作记录（二）

念奴娇

赤壁怀古　　苏轼

大江东去，浪淘尽、千古风流人物。
故垒西边，人道是、三国周郎赤
壁。乱石崩云，惊涛裂岸，卷
起千堆雪。江山如画，一时多少豪
杰。　遥想公瑾当年，小乔初
嫁了，雄姿英发。羽扇纶巾，谈
笑间、樯橹灰飞烟灭。故国神游，
多情应笑我，早生华发。人间如梦，
一樽还酹江月。

作者手抄《念奴娇·赤壁怀古》

施工篇

作者（左三）与工友们在施工现场

悲　秋

1974年9月

残花衰草饰青山
小路荒沟雨如烟
鸿雁南飞无留意
可怜秋水湿薄衫

注：作者当时在宝鸡兰空二分库所在山中施工。

自我安慰诗

1979年7月于西安南小巷14号楼

一勺豇豆一碗汤
夜半三更方找床
不是生涯无去向
都为手足意气长

注：每晚下班，同景志辉、赵晓楼等从南小巷步行至钟楼，谈笑游玩好不惬意；想到家庭和自己的现状，愁闷不已，作诗以自慰。

施工遇雷雨

1979年7月

风云巨变
大雨落长安
绿树荫下小屋前
听惊雷
声声唤
意乘光鞭
心随闪电
辟开荆棘道
要驱乌云散
鹰舞长空望断
思绪起
定让凯歌传

注：作者当时在西安西关南小巷小区工地。

盼　归

1980年11月25日于青海海东地委大院工地

西风严霜催叶红
高原谷地十月冬
身在异乡独为客
千里愁魂盼归程
借得平安暂栖身
却待月尽返西宁
东风起舞湟水笑
列车送我长笛鸣

平安驿之夜

1980年11月28日于青海

月落星寒霜满天
孤灯人影对愁眠
西宁城郊平安驿
夜半西风哭荒原

春末雨日有感

1982年5月20日于西安市西北地勘局大院工地

东风入古城
细雨漫长空
怨春留不住
愁夏又新生
凭借赤精血
欲改旧贫穷
挥汗层楼起
低头叹囊净
人间三十载
红尘无一声
梦拜慈恩寺
醒厌兴庆宫
试问檐间水
何处是归程

绝　句

1996年12月8日

夜半冷月照霜寒
月寒霜寒人亦寒
霜寒月冷人自知
一杯杜康御新寒

铁佛岭

2001年3月于秦丰果业基地

难忘施工铁佛原
大风起兮尘满天
春分能令天下暖
清明难阻此地寒
遍野稽禾不生长
田间冬草花开繁
纵使盘古能再现
不改尘岭与风山

春　寒

2005年4月4日

二月春风到永寿
新枝未抽似带愁
杨花轻舞逗暖意
流云从容春似秋
春莫舞
君不见
桃红柳绿正待艳
莺儿啼
燕儿语
笑煞春寒
无情时光情无限

注：时逢新春乍暖，忽又大风降温，永寿土地局工程刚开始，天公不作美。

筑屋于野

2006年5月

衔木抱石未建精
筑成方解含意浓
在野闲居度春秋
砖瓦草木都是情

注：2006年5月，为强文祥先生在家乡建屋后，以其散文集《筑屋于野》为题，赋诗以记。

建筑者之歌

2010年7月15日

施工不怕常宁远

二沟一山只等闲

北风能驱松涛吼

山雨急骤黑云翻

钢管相撞如钟律

钉锤敲击催鼓点

塔吊上下舞神影

机声交响唱管弦

赤日难动强者志

中秋定奏凯歌还

注：作者在永寿县常宁中学工地大突击时有感而作。

为雨而烦

2010年9月

潮雾升沟岸
黑云压槐山
一夜东风紧
大雨令人烦

注：常宁中学工地教学楼回填土正紧，时值大雨连绵而作。

立秋作

今日是立秋
西风燕子游
临窗闻惊雷
开门听雨声
礼堂工虽停
旱田望丰收
流云东归去
高温可否休

注：2013年8月7日于强家文化广场工地。

戏　雨

风云突变

大雨落乾县

强家广场水一片

急急流经门前

雨打板房声响

风吹落花飘荡

赤脚踏水凉爽

霎时湿透衣裳

注：2013年8月9日于强家文化广场工地。

强家文化广场侧记

2013年9月29日

强家有广场
礼堂坐正方
五间三丈高
两边配耳房
错落有大致
雄姿显重庄
滴水小飞檐
蓝砖清水墙
刷头象鼻子
红柱彩绘梁
山角凤头兽
檐下格子窗
屋脊建瓴吻
排山显古样
西侧九间房
风格效礼堂
中央水泥地
五亩好平畅

周边国槐树
风摆枝条旺
碧桃叶茂盛
紫薇花开长
西南健身处
天天人气旺
中设篮球场
投篮小伙棒
夜夜华灯放
消夏歌舞扬
炎夏施工时
模范感人肠
主任不辞劳
汗流湿衣裳
嫂子真贤惠
做饭烧水忙
几位老人家
八天敲瓦响
志云常带头
富春紧跟上
劳累几个月
不计酬和饷
一旁强建文
砌脊上了房

七嫂二婶子
送水送饭忙
好多好心人
送来瓜果香
八月中秋节
竣工扫战场
庆典好热闹
排场又大方
强家好村风
年年都兴旺

悲秋

残花衰草归青山，
小路荒沟雨如烟。
鸿雁南飞无留意，
可怜秋水湿薄衫。

1974年九月
于宝鸡兰空二分库
修在山中。

施工照片（一）

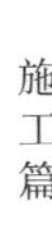

施工照片（二）

施工照片（三）

施工照片（四）

施工照片（五）

施工照片（六）

施工照片（七）

施工照片（八）

施工照片（九）

施工照片（十）

亲情篇

作者夫妻合影

取名寄语

1977年

生涯迫我长安去
愁城困海落世俗
庆雷忽作雏鹰诞
无限希望寄少禹

注：1977年农历十月初六，作者长子出生，为其取名时作。

赠少年

1989年春

时逢清明春意浓
碧海黄花暖春风
正当年少应有志
读书万卷壮心胸

注：1989年春，为下一代的孩子们而作。

秋月夜

1989年

星稀月朗
对秋风与君窗下
举杯低声吟唱
无怨无恨无悲伤
对浩天渺茫
忆往事
确有一番情趣堪回想
少年壮志逐流水
一笑收场
清寒凄凄
卿却与我交往
草舍素餐无怨言
教儿女
敬高堂
每每夜半归来
举案齐眉捧热汤
勤劳朴实
集中了一身贤良

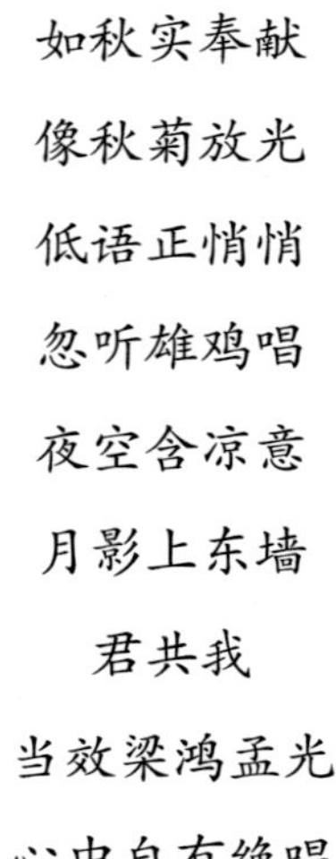

如秋实奉献
像秋菊放光
低语正悄悄
忽听雄鸡唱
夜空含凉意
月影上东墙
君共我
当效梁鸿孟光
心中自有绝唱

注：1989年12月15日，作者在陕西铜川为妻子郭春娥而作。

回乡偶感

1997年秋末

秋末回家乡
分秒盼时光
离城无烦恼
入野尽欢畅
举目望田海
十里闻果香
农民最勤朴
贫穷在村庄

祝愿诗

1998年8月底于家中

家有千里马
伯乐方识他
十年寒窗尽
一步军校跨
立下奋斗志
学得孙吴法
朝朝祝愿儿
年年展风华

春节偶感

2008年1月20日 于永寿县

春风不到腊月天
处处喜气又一年
踏雪回首不觉老
走路方知人生难
三杯浊酒入梦幻
一根香烟充神仙
期盼吾儿当自勉
珍惜年华莫等闲

中秋有感

2008年农历八月十五于永寿县

夜阑不见星斗转
只有明月高空悬
奔波他乡思故里
柴门家母望团圆
樽酒不解西风怨
秦腔能驱寒露烦
推出月影入梦乡
可叹中秋又一年

端午节写给女儿

2009年

端午不想粽子香
只盼女儿多安康
吃饭应记七分饱
穿衣常趁天热凉
办事冷静勤思考
处世谨慎莫发慌
谨记你是女儿身
待人接物忌逞强

冬日游曲江有感

2009年11月14日

曲江遗址今重建
冬日一游好大观
幽径拱桥岸边柳
回廊绿波唱管弦
几处雕塑有古韵
层林暗山起寒烟
踏雪迎风不觉冷
天伦之乐伴身边

注：与长子及儿媳同游曲江池时有感而作。

开封一日游

2009年11月16日

夜过郑州入汴州
雪里开封一日游
御街相邻上河园
龙亭遥对古城楼
新封府前人影重
相国寺内香火稠
一城仙菊半城湖
走马更望再乘舟
最是令人向往处
何时重游九月秋

注：初冬去开封办事，作者及次子一家人同游开封时所作。

写给儿子转业安置时

2009年11月28日

离别骊山烽火台
又到长安做公差
精勤务本思宁静
淡泊处世好运来
韬光养晦少贪功
和睦家庭善理财
经史子集悟人生
山水自然怡胸怀

七律·尽义务

2010年1月2日

芥子疾迅失密传
惊动吾儿离西安
奋斗本为尽义务
跋涉原是责任感
风雨永寿稳迈步
冷暖常宁笑笔端
知汝远来是孝意
老牛拉车再三年

注：2010年1月，作者生病期间，儿子来永寿探望，多方劝解要其辞工，作者在儿子离开后作诗回复。

和儿通话有感

2010年

秋风送凉爽
新菊放荣光
九月梨枣熟
遍地苹果香
西北大鹏远
长安龙凤翔
国庆亦家庆
重阳盼安康

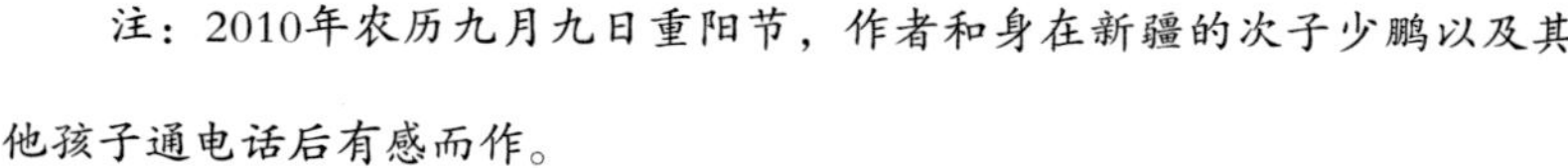

注：2010年农历九月九日重阳节，作者和身在新疆的次子少鹏以及其他孩子通电话后有感而作。

思　乡

2010年10月于永寿县常宁中学工地

寒风怒号惊梦魂
三星高照月西沉
忧思家事难入睡
他乡倍觉故乡亲

外孙出生喜作

2010年

腊月十五惊雷响
乾县城中小虎降
精心抚养十八载
张牙舞爪做栋梁

注：作者外孙于农历庚寅年腊月十五日出生，属虎。欣喜之余，作者写小诗以记。

孙儿孙女出生喜作

2010年

春节春潮到家门
长安又传孩啼音
龙吟能使风雷动
凤鸣更催降甘霖
十年须知景妮苦
三声如令少禹勤
精心抚养十八载
龙飞凤舞建奇勋

注：2010年腊月二十七晚，作者的双胞胎孙儿孙女出生。喜悦之际，作诗以记。

小孙儿出生喜作

2012年8月4日

汴梁惊雷传三秦
小龙初吟夏日新
静平须受三年累
少鹏尽责四季勤
善养常赐母爱重
严教施义亲子心
持之有恒十八载
龙腾虎跃是功勋

注：2012年8月4日，即农历壬辰年六月十六日，作者次子少鹏喜得一子，作诗以贺。

示　儿

2014年

金泰园中花草繁
踏青幼童不一般
举石初见松霖智
让梨始觉柏霖贤
男孩少言怀大志
女儿微笑气若兰
佳苗还应勤修剪
长成参天须模范

打油诗

2014年

西安有个小松霖
天生是个小能人
爱扭秧歌爱跳舞
能拆汽车小皮轮
能垒积木搞拆迁
能撬石头动脑筋
见了挖机看不够
见了塔吊格外亲
常搞破坏爱思考
不愧爷爷的好孙孙
调皮孙女小柏霖
真真一个小大人
撕碎纸片当胶布
爱给爷爷把病诊
躺在床上装睡觉
争强好胜常较真
模仿成人打电话
干了坏事笑吟吟

院内院外自己玩
爱帮哥哥打外人
穿衣吃饭讲卫生
真是一个好娃娃
哈哈哈
哈哈哈
我心里乐得开了花

寄语诗

2015年1月15日

诸葛一生唯谨慎
吕端大事不糊涂
奉职自应高品位
公干务必戒私牟
饭吃七成能长寿
贪财薄情易孤独
韩信功成忘缩手
张良入山善退步
打虎已使污吏惊
拍蝇当知走正途
崇信淡泊求明志
宁静致远春风度

劝　儿

2016年

长安朝雨浥轻尘
满目青翠柳色新
劝君少饮几杯酒
笑对山川做高人

作者的祖父祖母

作者的父亲母亲

作者妻子近照

作者的三个子女

作者妻子与四位妯娌合影

作者与二弟、表弟合影

作者弟弟、堂弟合影

作者与母亲和五弟合影

友情篇

与陆峥荣友分别留言

1974年冬

雪舞峰林梨花飘
秦山夜话喜初交
新友分离惜别意
唯愿天涯情谊高

注：陆峥荣，上海人，当时在宝鸡兰空二分库当兵，作者在二分库施工，相谈投机，分别时以赠。

与屈存计友分别留念

其一

欲奔天涯寻芳名

偶失鹏程怀恨重

长安半载奔波事

曾会知音树友情

其二

朝辞密友长安城

惜别一段分离情

莫为歧路共沾巾

常忆春花夏凉风

注：屈存计是作者在西安延光机械厂施工时认识的朋友。

与友聚会

2007年3月

春花秋月何时了
难忘旧事知多少
月上东窗谈名著
星落西梢忆前朝
水畔相携宝鸡峡
原边同观咸阳道
瞬间已过三十年
笑语依旧容颜老

注：作者和老同学永春等4人会面后有感而作。

山庄夜

2007年3月

雾锁山色遮群楼
相会小城风雨中
天和山庄夜语时
箫声如咽诉离情

见老友有感

2009年12月

小区一别整十年
温泉旧事忆心间
朝逢春露早上好
夕别秋月道晚安
室内笑语议前景
庭院同心谈发展
可惜巢毁群鸟散
空留记忆作笑谈

注：作者与陈晓民、王英、范丽萍、穆林娟聚会，回忆当年在咸阳建筑公司建设温泉小区的往事，感慨万千。

与同学相聚有感

2016年

拨号喜获信息通

久别犹辨旧时声

互致问候道关切

共话沧桑说别情

筑屋乡野守本分

离衙归隐好安宁

事过境迁如春梦

相谈恰似酒香浓

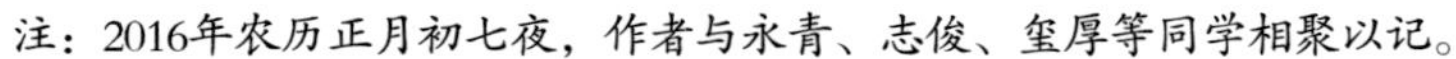
注：2016年农历正月初七夜，作者与永青、志俊、玺厚等同学相聚以记。

聚会有感

2016年1月20日

共聚一堂为叙旧
同窗已过五十秋
读书半途邯郸梦
坎坷终生皆风流
躬耕喜获五斗米
供职亦为千金筹
饱经沧桑人将老
归去来兮是乡愁

注：2016年1月20日，作者与尚谦等五同学聚会后感慨而作。

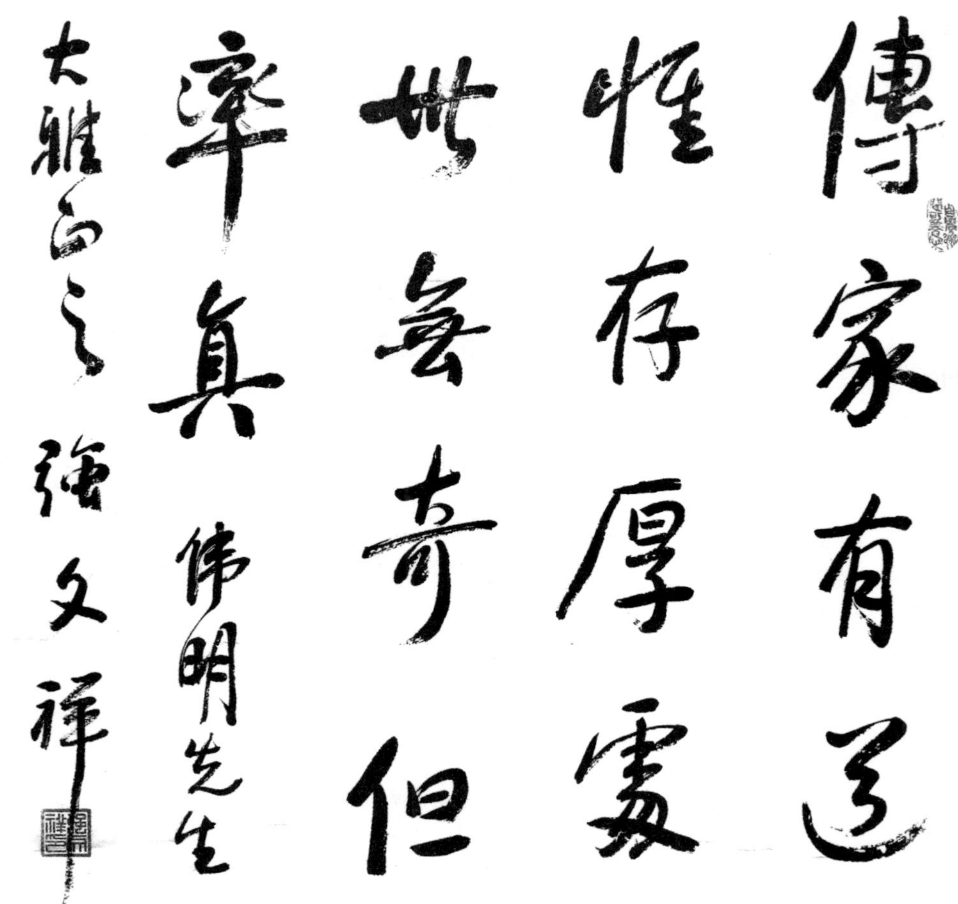

作者友人强文祥先生书赠

作者（前排左一）与同学合影（一）

作者（后排右一）与同学合影（二）

作者（前排左一）与同学合影（三）

作者（左一）与友人合影（一）

作者（左）与友人合影（二）

作者（右）与友人合影（三）

作者（左）与友人合影（四）

笔墨篇

清风吹过雾濛濛，西望不见长安城。

行道欲湿洪庆雨，春末犹寒灞桥东。

人似归燕恋旧地，乡村老酒回味浓。

日出日落天下共，何愁春夏与秋冬。

七律 闲游 二〇一四年於田王

宋瑞明 习作

作者1966年手抄诗词（一）

塞下曲　高适

结束浮云骏，翩翩出从戎。且凭天子怒，复倚将军雄。万鼓雷殷地，千旗火生风。日轮驻霜戈，月魄悬雕弓。青海阵云匝，黑山兵气冲。战酣太白高，战罢旄头空。万里不惜死，一朝得成功。画图麒麟阁，入朝明光宫。大笑向文士，一经何足穷。古人昧此道，往往成老翁。

作者1966年手抄诗词（二）

燕歌行　高适

汉家烟尘在东北，汉将辞家破残贼。男儿本自重横行，天子非常赐颜色。摐金伐鼓下榆关，旌旆逶迤碣石间。校尉羽书飞瀚海，单于猎火照狼山。山川萧条极边土，胡骑凭陵杂风雨。战士军前半死生，美人帐下犹歌舞。大漠穷秋塞草腓，孤城落日斗兵稀。身当恩遇常轻敌，力尽关山未解围。铁衣远戍辛勤久，玉箸应啼别离后。少妇城南欲断肠，征人蓟北空回首。边庭飘飖那可度，绝域苍茫无所有。杀气三时作阵云，寒声一夜传刁斗。相看白刃血纷纷，死节从来岂顾勋。君不见沙场征战苦，至今犹忆李将军。

作者1966年手抄诗词（三）

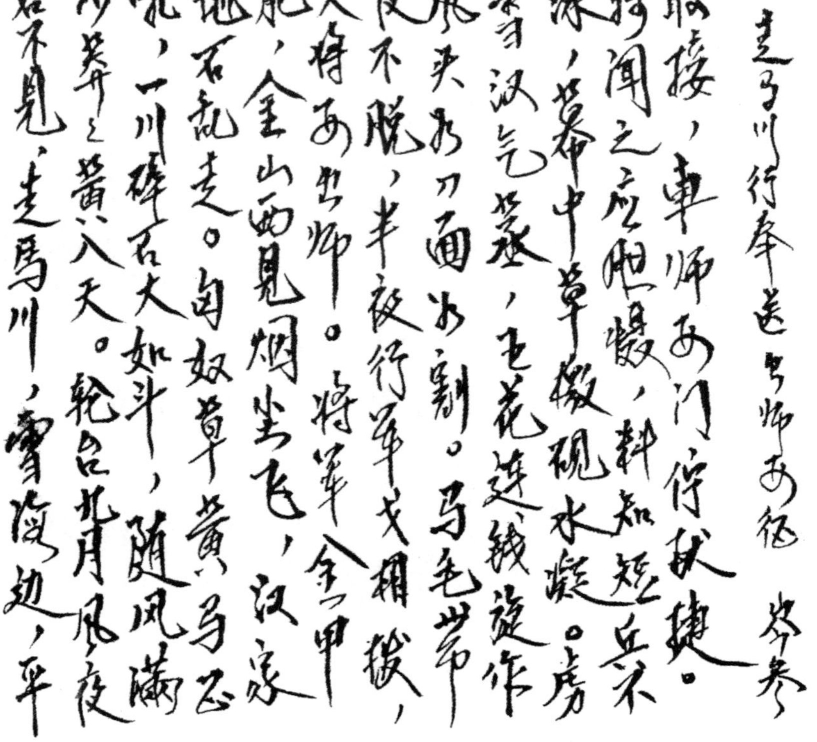
走马川行奉送出师西征　岑参
君不見，走馬川，雪海边，平
沙莽莽黃入天。輪台九月风夜
吼，一川碎石大如斗，随风满
地石乱走。匈奴草黃马正
肥，金山西見烟尘飞，汉家
大将西出师。将军金甲
夜不脱，半夜行军戈相拨，
风头如刀面如割。马毛带
雪汗气蒸，五花连钱旋作
冰，幕中草檄砚水凝。虏
骑闻之应胆慑，料知短兵不
敢接，車师西门佇献捷。

作者1966年手抄诗词（四）

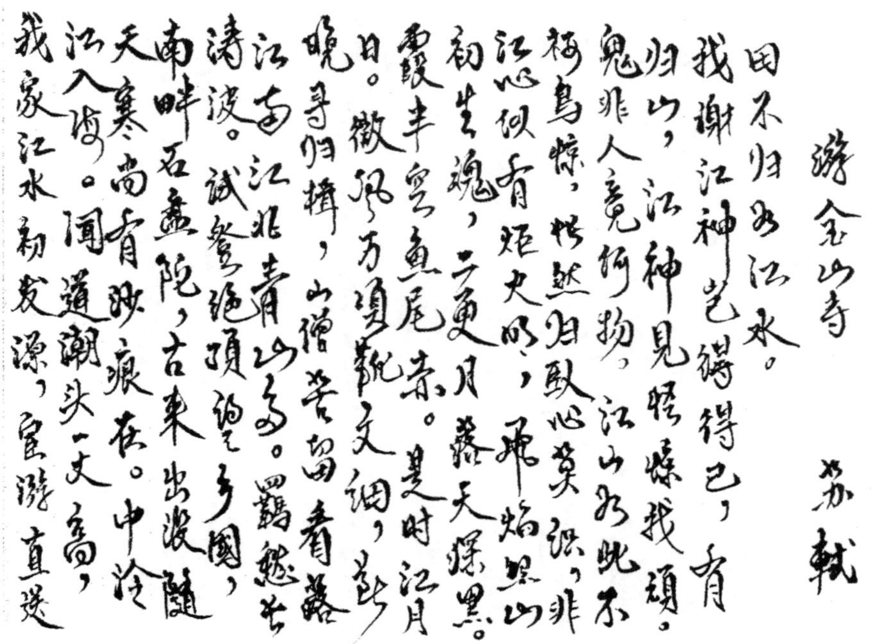
游金山寺　苏轼

我家江水初发源，宦游直送江入海。闻道潮头一丈高，天寒尚有沙痕在。中泠南畔石盘陀，古来出没随涛波。试登绝顶望乡国，江南江北青山多。羁愁畏晚寻归楫，山僧苦留看落日。微风万顷靴文细，断霞半空鱼尾赤。是时江月初生魄，二更月落天深黑。江心似有炬火明，飞焰照山栖鸟惊。怅然归卧心莫识，非鬼非人竟何物。江山如此不归山，江神见怪惊我顽。我谢江神岂得已，有田不归如江水。

作者1966年手抄诗词（五）

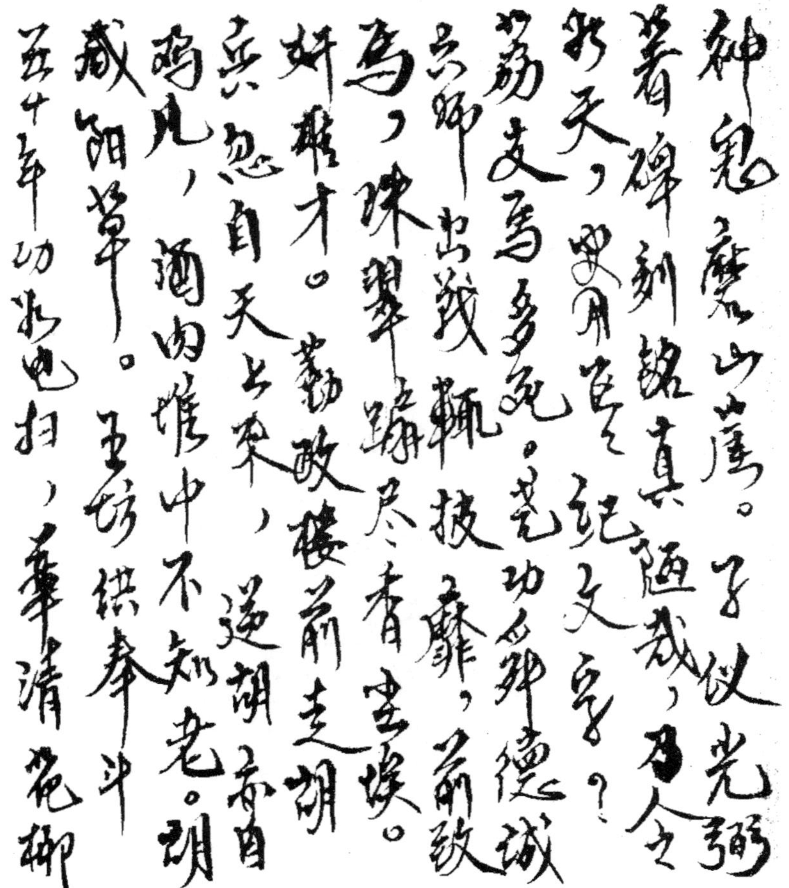

五十年功如电扫，华清花柳咸阳草。五坊供奉斗鸡儿，酒肉堆中不知老。胡兵忽自天上来，逆胡亦是奸雄才。勤政楼前走胡马，珠翠踏尽香尘埃。何为出战辄披靡，传置荔枝多马死。尧功舜德本如天，安用区区纪文字？著碑铭德真陋哉，乃令神鬼磨山崖。子仪光弼

作者1966年手抄诗词（六）

气相期共生死。千年史
京华结交尽奇士，意
功未立，提刀独立顾八荒。
窗扉出光芒。丈夫五十
黄金错刀白玉装，夜穿

作者1966年手抄诗词（七）

春日忆李白

杜甫

白也诗无敌，飘然思不群。清新庾开府，俊逸鲍参军。渭北春天树，江东日暮云。何时一樽酒，重与细论文。

作者1966年手抄诗词（八）

明月几时有 把酒问青天 不知天上宫闕
今夕是何年 我欲乘風歸去 惟恐瓊
樓玉宇 高处不勝寒 起舞弄清影 何
似在人間 轉朱閣 低綺户 照無眠 不應
有恨 何时長向别時圓 人有悲欢离合
月有陰晴圓缺 此事古难全 但愿人長
久 千里共婵娟 念奴娇 苏軾
二〇一七年春 抄書於永寿县工地

作者六十多岁时手书（一）

水陆草木之花可愛者甚蕃晋陶渊明独愛
菊自李唐来世人甚愛牡丹予独愛蓮之出
污泥而不染濯清涟而不妖中通外直不蔓不枝
香远益清亭亭净植可远观而不可亵玩焉予谓
菊花之隐逸者也牡丹花之富貴者也蓮花
之君子者也噫菊之愛陶后鲜有闻蓮之愛同
予者何人牡丹之愛宜乎众矣
录宋·周敦頤愛蓮說 伟明习书

作者六十多岁时手书（二）

山不在高有仙則名水不在深有龍則靈
斯是陋室惟吾德馨苔痕上階綠草
色入簾青談笑有鴻儒往來無白
丁可以調素琴閱金經無絲竹之
亂耳無案牘之勞形南陽諸葛廬
西蜀子雲亭孔子云何陋之有
錄劉禹錫陋室銘丁酉年永壽

作者六十多岁时手书（三）

环滁皆山也 其西南诸峰林壑尤美 望之蔚
然而深秀者琅琊也 山行六七里渐闻水声
潺潺而泻出于两峰之间者酿泉也峰回路
转有亭翼然临于泉上者醉翁亭也 作亭
者谁山之僧智仙也 名之者谁太守自谓也太
守与客来饮于此饮少辄醉而年又最高 故
自号曰醉翁也醉翁之意不在酒在乎山水之
间也山水之乐得之心而寓之酒也

作者六十多岁时手书（四）

余曰噫嘻悲哉此秋声也胡為而来哉盖夫秋

之為状也其色惨淡烟霏云敛其容清明天

高日晶其气凛冽砭人肌骨其意萧条山川

寂寥故其為声也凄凄切切呼号愤发丰草

绿缛而争茂佳木葱茏而可悦草拂之

而色变木遭之而叶脱其所以摧败零落者

乃其一气之余烈夫秋刑官也于时為阴又兵

象也于行用金是谓天地之义气常以肃杀

作者六十多岁时手书（五）

作者六十多岁时手书（六）

作者六十多岁时手书（七）

九嶷山上白云飞
帝子乘风下翠微
斑竹一枝千滴泪
红霞万朵百重衣
洞庭波涌连天雪
长岛人歌动地诗
我欲因之梦寥廓
芙蓉国里尽朝晖

毛泽东诗一首
壬辰年冬

作者六十多岁时手书（八）

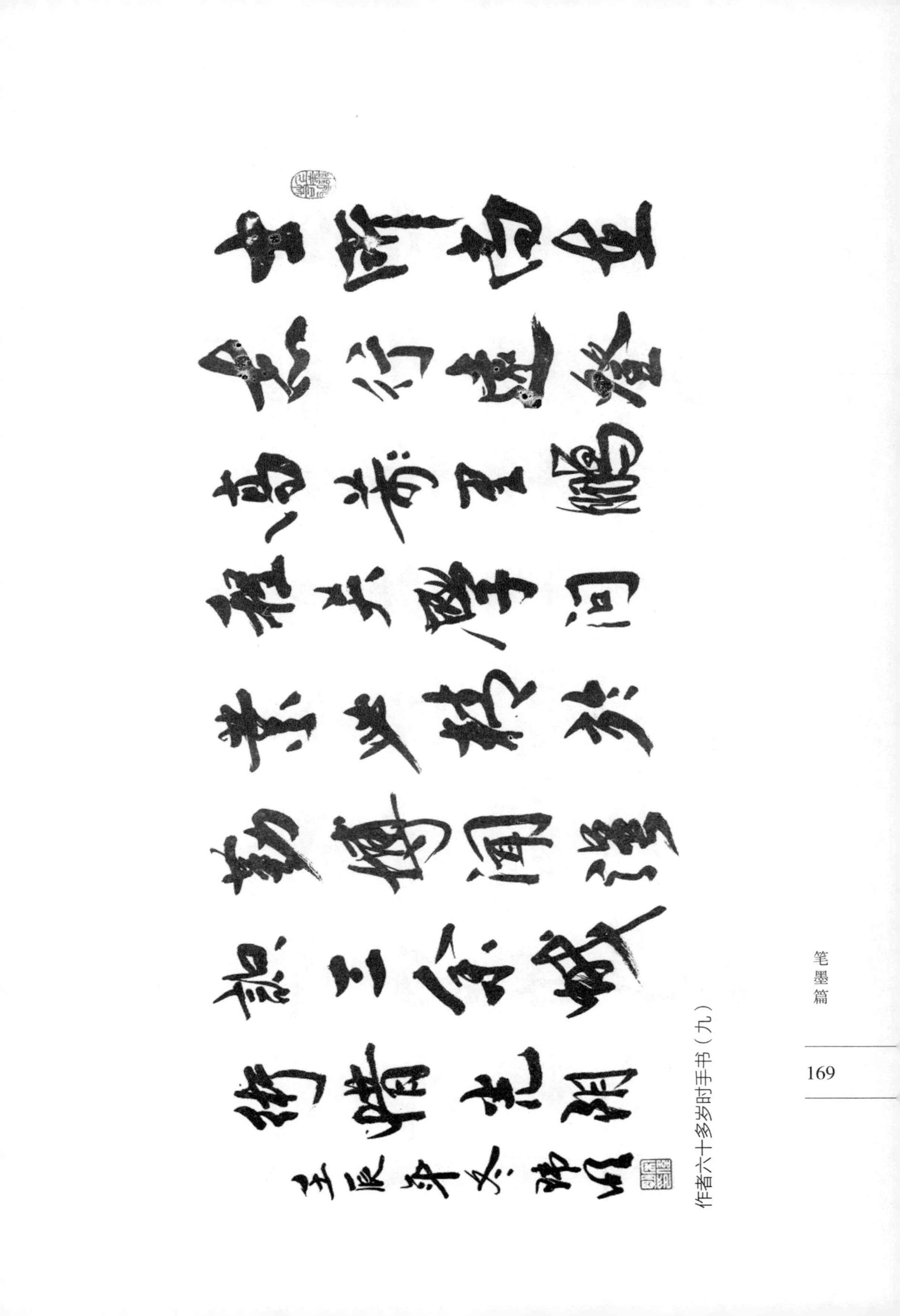

作者六十多岁时手书（九）

空山新雨后天氣晚来秋
明月松间照清泉石上流
竹喧歸浣女蓮動下漁舟
随意春芳歇王孙自可留

录唐王维诗 二〇一七年春於永寿 瑞明书

作者六十多岁时手书（十）

身心外別無道理靜中最好尋思

天地間都是文章妙處還須自得

壬辰年冬 偉明 書於長安

作者六十多岁时手书（十一）

作者六十多岁时手书（十二）

作者近照

跋

要把几十年来零零碎碎写的所谓的诗，汇编成一本小册子，辑成一本书，实在令我惶恐。一介草民，在建筑行业辛苦劳作了一辈子的农民工，闲暇之余，写了几首歪诗，竟然要出一本书，真是太滑稽了。

在1967年以前，我爷爷对我进行了较严格的教育。那时候，我对上学充满了热情，除了学习课本知识外，对好多的古今名著、唐诗宋词以及马克思、列宁和毛泽东等的著作都甚为好奇，毛泽东的诗词更是我的挚爱。

遗憾的是“文化大革命”结束了我继续上学的机会。在农村，招工、招干、当兵均与我无缘；因我住的斗室门上写了“渡闲斋”几个字，传到了村上的小学教师中，公社一个“左”派领导知道后，我被否决了入选民办教师的资格。从此为生活所迫，我和中国的大多数农民一样，在贫穷中挣扎：跟人在西安干过搬运工的活儿，从大白杨通过自强路到八府庄，用人力车拉水泥、拉木板、拉煤炭；在宝成铁路线砌石头护坡，抬石头，抬沙子，那时候只有18岁；在农业社除参加劳动外，去永寿北面的页梁虎狼湾拉过柴，到彬县换过粮……每当我看到当了工人、干部，参了军的同学，除了羡慕，心中总是莫名地伤感和自卑。

1974年，在我叔父找大队干部说情的情况下，我有幸参加了大队成立的包工队，在宝鸡兰空营建大队包工程，遇到了工程师崔新才老师，几番打交道，他很器重我，让我跟着他学工程预算，学图纸，学抄平放线……这段时间的学习为我以后进入建筑行业打下了重要基础。不幸这个包工队又在县里的“四干会”上，以割资本主义尾巴之名被迫解散，生产大队的干部也受到批评。不久，公社办乡镇企业又成立建筑队，我因能搞预算被批准参加，从此，我便走上了建筑工之路，拼搏了几十年。

感谢改革开放这个伟大的时代！农民工有了出外谋生的自由，通过打工，可以摆脱生活中的困境，同时亦可充分发挥劳动者的热情。没有遗憾，没有奢求，也没有虚度，我将辛苦和认真奉献给我所热爱的建筑事业，也赢得了赞誉。

几十年的打拼，生活中有这样那样的感慨，偶尔写一点闲言歪诗，略为抒发。这些东西被儿子发现了，他多次要收集整理，我想这也好，把这些东西在“家”的范围内留传下去，也能给家教增加些氛围，这真的是我的本意。

这个小册子，因为水平太差，不足以让人欣赏，不能为大众激励正能量，更不能为国家宣传增砖添瓦，只能作为亲友们茶余饭后的谈资，仅此而已。

宋伟明

2017年春于永寿县